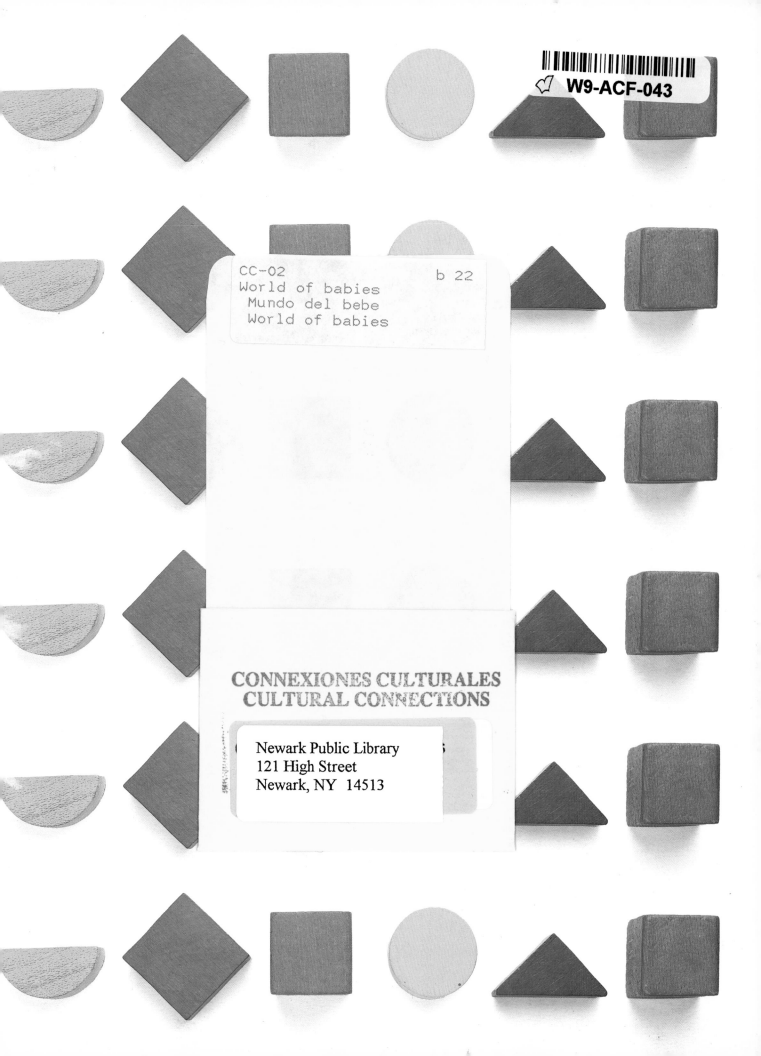

CC-02   b 22
World of babies
 Mundo del bebe
 World of babies

CONNEXIONES CULTURALES
CULTURAL CONNECTIONS

EL MUNDO DEL

BEBÉ

Mi primer libro de palabras e imágenes

Fotografías por Stephen Shott

Dutton Children's Books · New York

CREATED BY DORLING KINDERSLEY

First published in the United States 1990 by
Dutton Children's Books
a division of Penguin Books USA Inc

CIP data is available.

Published simultaneously in Canada by
Fitzhenry & Whiteside Limited, Toronto

Originally published in Great Britain 1990 by
Dorling Kindersley Limited,
9 Henrietta Street, London WC2E 8PS

First North American Spanish-language
edition published by
Dutton Children's Books 1992

Printed in Italy

10 9 8 7 6 5 4 3 2 1

ISBN 0 525 44846 2

Additional photography by Stephen Oliver
(pages 34 - 35) and Dave King (pages 36 - 37)

Dorling Kindersley would like to thank:
Hamish Anderson, Roxanne Bance,
Christian Harman, Troy Hunter, Holly Jackman,
Rebecca Langton, Emily Morrison, Sam Priddy,
Kerra Stevens, and Aaron Wong for appearing
in the photographs in this book;
Boots the Chemist Limited and
Jacadi Limited for loaning props.

Sumario

YO

el pelo

la espalda

la cabeza

la pierna

la ceja

el ojo

la rodilla

la mejilla

la nariz

la boca

el brazo

el brazo

el tobillo

la mano

el pie

la mano

los dedos

los dedos

el pulgar

4

el pelo

la cabeza

el ojo

la ceja

la oreja

la nariz

la mejilla

la boca

la barbilla

el hombro

el pecho

el codo

el brazo

la barriga

la mano

los dedos

rodilla

los dedos

el pie

la pierna

la lámpara

la percha

el libro

el móvil

las zapatillas

la manta

la cuna

el friso

el protector de cuna

la almohada

la canastilla

el vestidor

el orinal

el edredón

los pañales

MI ROPA

los gorros

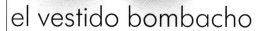

el vestido bombacho

la camiseta

la camisa

los pantalones cortos

el pantalón con peto

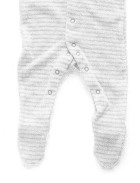

el pijama

la camiseta

los calzoncillos

los calcetines

las zapatillas

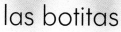

las botitas

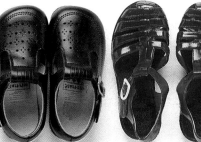

los zapatos

los gorros de lana

la bufanda

el vestido

la chaqueta

los pantalones

las manoplas

el jersey

los calcetines

las zapatillas

las botas

9

¡A VESTIRSE!

1. Cuando Sam se levanta, lleva su pijama.

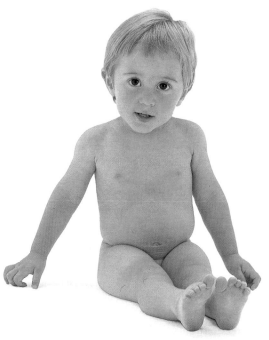

2. Ahora no lleva nada.

6. Ahora Sam lleva puesto su pantalón con peto.

7. Se pone sus calcetines.

8. Ahora se pone los zapat

5. Y luego, su camisa.

3. Le han puesto
   sus pañales.

4. Ahora, la camiseta.

Tiene una animada charla
con los ositos de peluche.

10.
Ya está
listo para
el desayuno.

PARA BEBER Y COMER

Éstas son las diferentes cosas que usas a la hora de comer.
¿Cuántos tenedores hay? ¿Qué colores ves?
¿Cuántos baberos puedes
contar?

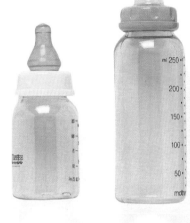

los biberones

los baberos

los tazones

12

las cucharas

los tenedores

los vasitos

las tazas

los baberos

los tazones

13

ES HORA DE COMER

Todos los bebés están sentados en sus sillas altas.

Pablo juega con su comida.

Carlos bebe de su taza.

Todos se sientan en sus sillas
altas para comer.

Sara se come
su galleta.

Toni bebe de
su biberón.

MIS JUGUETES

la muñeca

los ositos de peluche

los vasitos

el rompecabezas

el maletín de juegos

los dados de trapo

el teléfono

la peonza

los aviones

el tren

la oruga

el ábaco

el cochecito

los sonajeros

el sonajero de cascabeles

s bloques de construcción

las pelotas

SOBRE RUEDAS

la oruga

el pato

el tren para montar

el carrito

el triciclo

la sillita de ruedas

la carretilla

19

LOS COLORES

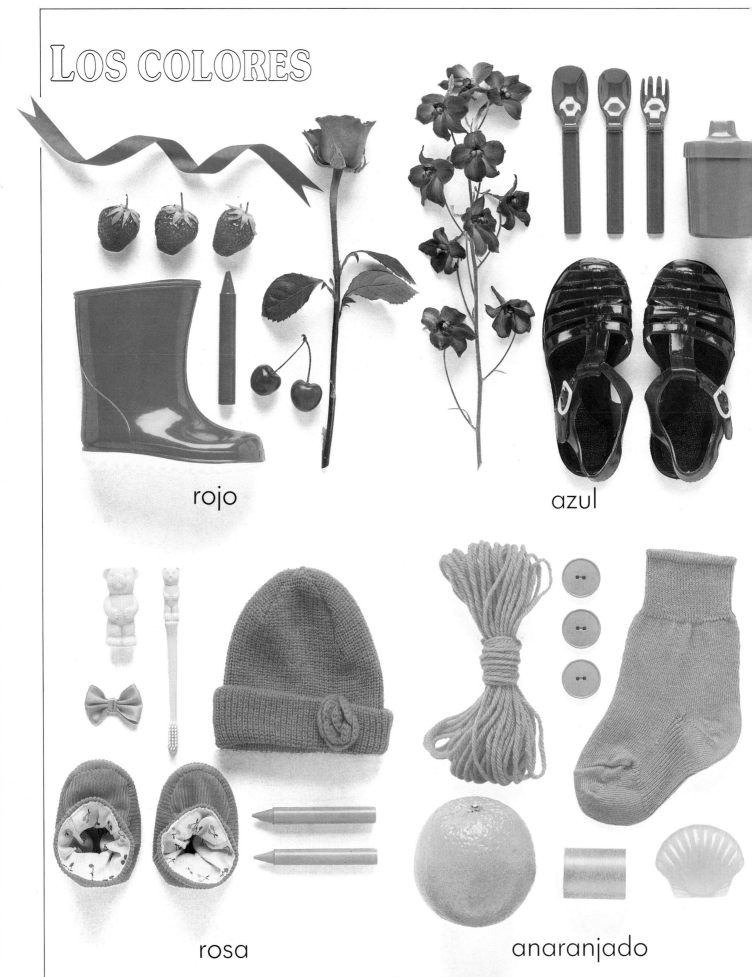

rojo

azul

rosa

anaranjado

amarillo

verde

violeta

marrón

MIS ANIMALITOS

los gatitos

el pez de colores

los perritos

los pájaros

el conejo

el gato

MIRA LO QUE SÉ HACER

pataleo

me siento

me echo boca abajo

gateo

me siento y juego   me arrodillo   me agacho

me levanto

camino

me pongo de pie

DE PASEO

Los bebés salen de paseo con sus cochecitos durante todo el año.
Salen en días de sol, lluvia y nieve.

Días soleados

Días calurosos

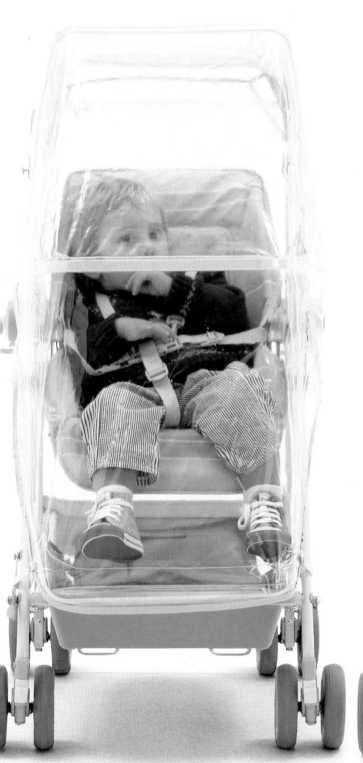

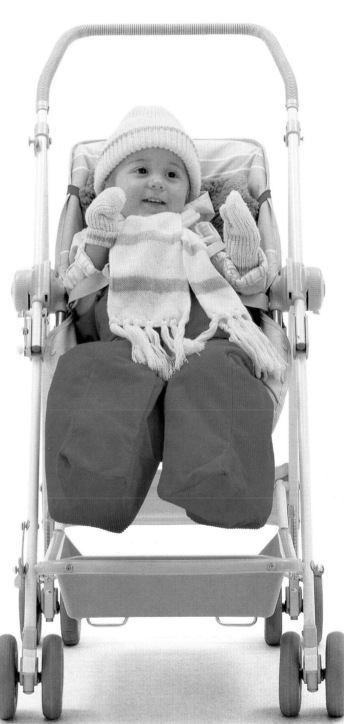

Días lluviosos   Días fríos

las cerezas

el melocotón

el plátano

las fresas

la naranja

la uva

el
zumo de manzana

la manzana

la grosella

el tomate

el yogur

las galletitas

las patatas

el brécol

el queso

las judías verdes

los guisantes

a pasta

la mantequilla

las rodajas de zanahoria

zumo de naranja   la leche

la zanahoria

el pan

el huevo

las galletitas

EN EL JARDÍN

la tierra

las ramitas

la azada

el rastrillo

las piedras

la pala

el cubo

la carretilla

la regadera

las hojas

el caracol

las flores

las plantas

los tiestos

JUGANDO CON LA ARENA

Los bebés están jugando en
la arena con sus
cubos y palas.

Toni

el molde

la pelota

¿Cuántos juguetes ves?

la sombrilla

32

Jaime

el cubo

la pala

Sara

los cubos

Rebeca

los vasitos

la pala

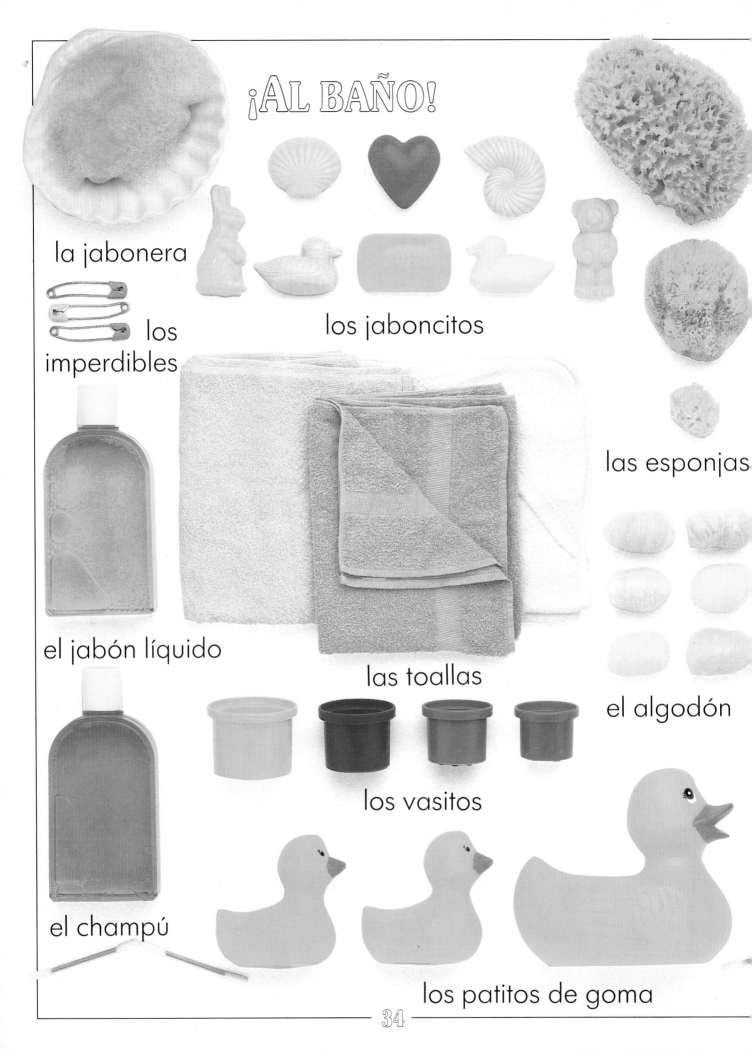

¡AL BAÑO!

la jabonera

los imperdibles

los jaboncitos

las esponjas

el jabón líquido

las toallas

el algodón

los vasitos

el champú

los patitos de goma

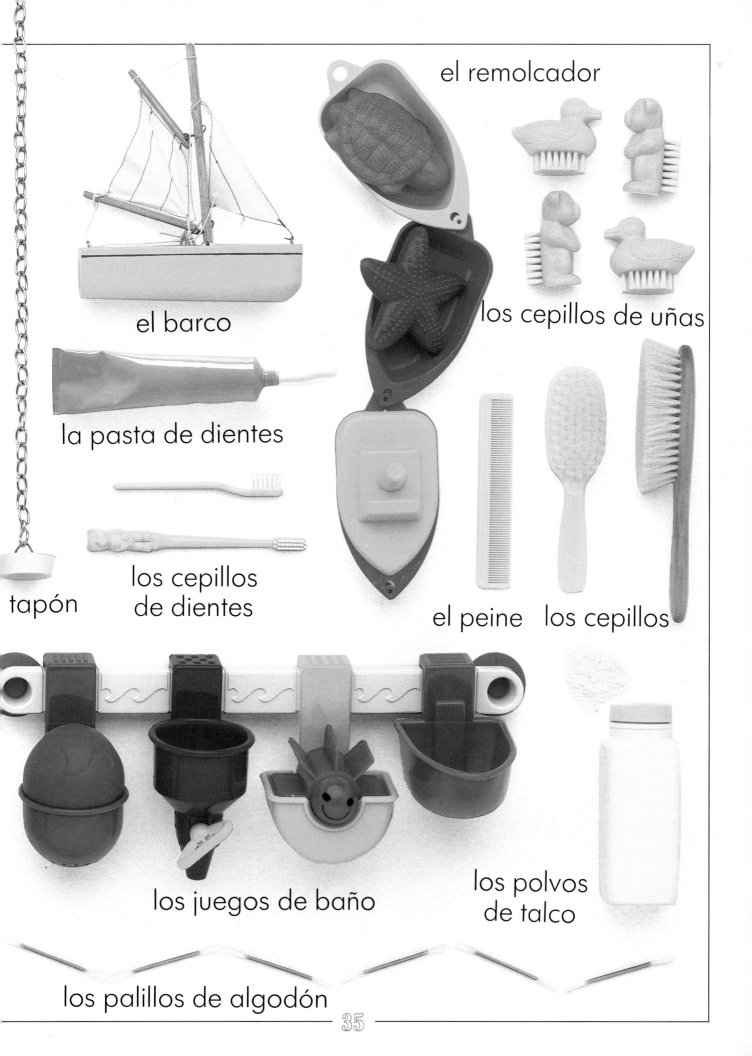

el remolcador

el barco

los cepillos de uñas

la pasta de dientes

tapón

los cepillos
de dientes

el peine   los cepillos

los juegos de baño

los polvos
de talco

los palillos de algodón

La bañera está llena de juguetes.
¿Qué juguetes ves?
¿Cuántos patos hay?
¿Encuentras el jabón y la esponja?

¡A LA CAMA!

2. Se saca sus zapatos.

3. Se saca los calcetines.

1. Ana está cansada. Es hora de dormir.

7. Ahora lleva el pijama.

8. Tiene sueño y se frota los ojos.

9. Bebe un poco de agua

4. Ana se quita el vestido.

5. Ahora la camiseta.

6. Le ponen un pañal limpio.

10. Ya está en su cuna.
¡Buenas noches!

LOS NÚMEROS

1 uno

2 dos

3 tres

4 cuatro

5 cinco

6 seis

7 siete

8 ocho

9 nueve

10 diez